石头醒来

STONE WAKES UP

赵亚东·著

HEUP 哈尔滨工程大学出版社

图书在版编目(CIP)数据

石头醒来/赵亚东著. —哈尔滨:哈尔滨工程大学出版社,2018.4

ISBN 978-7-5661-1838-7

Ⅰ.①石… Ⅱ.①赵… Ⅲ.①诗集-中国-当代 Ⅳ.①I227

中国版本图书馆 CIP 数据核字(2018)第 035323 号

选题策划 张 玲
责任编辑 张忠远 马毓聪
封面设计 Amber Design 琥珀视觉

出版发行 哈尔滨工程大学出版社
社　　址 哈尔滨市南岗区南通大直街 145 号
邮政编码 150001
发行电话 0451-82519328
传　　真 0451-82519699
经　　销 新华书店
印　　刷 哈尔滨市石桥印务有限公司
开　　本 850 mm×1 168 mm 1/32
印　　张 6.5
字　　数 94 千字
版　　次 2018 年 4 月第 1 版
印　　次 2018 年 4 月第 1 次印刷
定　　价 33.90 元
http://www.hrbeupress.com
E-mail:heupress@hrbeu.edu.cn

目录 / Contents

目录
Contents

2

目录/Contents

目录/Contents

目录/Contents

目录 Contents

目录/Contents

目录/Contents

我的影子走进玻璃深处

我背对着窗子,下午的阳光
在玻璃上散步
有人从窗外走过
提着柳条编织的旧皮箱
没有人知道,他们将去往何处
土黄色的皮夹克落满了雪

悬在半空的屋子
越来越拥挤
这里一定还躲藏着别的人
但是我只看见我,和我的影子

他早已经厌倦

转身走进玻璃深处

天一下子就黑了下来

我们再也不用回来了

我不怕只剩下我一个人
在医院长长的走廊里
没有生,也没有死
白色不锈钢手推车
刚刚把对床的病友送走
他再也不用回来了
这世界也会很快把他遗忘
也包括我。这才是幸运的
好像什么都没有发生过
他的亲人脸色苍白
一边小声地哭,一边收拾遗物

用上好的宣纸写的书法
用朱砂画的菩萨像
一只枯笔,半盒鲜红的印泥
我心疼这些东西
知道它们很快就要被丢弃
其实也没什么可惜的
人都没了
还留着这些有什么用呢

我们好像还是原来的样子

麻醉师穿着绿色的衣服
他问我姓甚名谁
——确认我就是我

不用怕,睡一会儿就没事了
连梦都不会做
他把针头刺进我的身体里

我不知道是什么药
才能让一个人
短暂地死去

然后再活过来

好像还是
他自己原来的样子
又好像趁他离开时
悄悄塞进了另外一个人

我摔碎死神的空碗

我喜欢那个穿白大褂的护士
她冷冷的目光在下雪
冰凉的手指触到我的皮肤时
没有给我任何暗示

病房里的灯都熄灭了
她离去时摸了摸我的额头
好冷啊！门口的死神
端着乞丐的空碗

足够装下这一身贱骨头了

也不需要留下任何记号
我没有和死神打招呼
而是把那只空碗抢过来
狠狠地摔在地上

在一场大雪中走失

有一次,乡下大雪
揣着五毛钱去给父亲打酒
我找不到店铺,也找不到
回家的路
没有人能看到我
我哭了,落在睫毛上的雪
融化在眼睛里
再把泪水灌进酒桶
在雪里痛饮
做梦。在梦里呼喊
可是没有人听见我

直到现在,我依然

不知道自己

是不是,已经从那场大雪里

返回来

雪一次次活过来

在我北方的故乡
雪在枯枝上筑巢
雪也在冻僵的土地上弹琴
雪反射的光,那么锐利
我什么也看不见
以为自己再也不能注视
吹过树林的风,和低飞的鹰
羞涩的女孩双手长满冻疮
我有四十年没回乡下了
雪一点也没有变老
它们一次次活过来

以更高傲的姿态砸向我

或早已经,不是我

宽　　恕

四十多岁的人了
骨节开始增生，发炎
寒气逼进骨髓
烈酒已经不能驱寒
阻塞，僵化，麻木成为常态
我害怕这样的自己
懦弱，缓慢，整个身体就是
渐渐死去的坟墓
被风吹着，可是再大的风
也不能叫醒一个
病入膏肓的人

直到昨天,我回到乡下
在大雪中艰难辨别
倒塌的老房子,北风中
挺直身板的老杨树
祖坟地落满了雪
我用尽全力跪下去
一个臃肿的身体,缩小成土块
再缩小成一个黑点
直到和雪融为一体
并被允许和那些枯草一起
得到重生的机会

熬　雪

每年冬天,我都要穿过
冰封的河流
踏着厚厚的积雪
还要躲过野狼的脚印
去为母亲买草药
她常年咳嗽,脸色蜡黄
我以为她会一病不起
关于死亡的恐惧,紧张
让指甲常常扎进肉里,冻僵的脚
不知是踩在大地上
还是虚空里

那时候,我总胆怯地
问我的父亲:
我们是不是一粒粮食也没有了
父亲总是沉默着
看那冻僵的麻雀
一头扎进雪中

轮　　回

村里来了一个猎人
背着双筒猎枪
绿帆布做的子弹夹
黑色的皮靴陷进雪地里
很快又拔出来
他瞄准的姿势让我们着迷
红色的木头枪柄
顶住他的肩头
眼睛狠狠地瞄着准星
我们捂住耳朵
但还是听见子弹擦过风的声音

然后是一只狐狸的惨叫
小伙伴们冲上去
有的倒在雪里,挣扎着爬起来
最大胆的一个
用脚踢着奄奄一息的猎物
我远远躲在猎人的后面
模仿他开枪的姿势
对准他。有时也对准瓦蓝的天空
后来我听说他疯了
每天在雪地里奔跑
像被他射杀的动物那样

扮　　演

街角的小旅馆里
烟草味让人睁不开眼睛
炉子上的白铁水壶呼呼冒着热气
外来的人们凑到一起
谈论越来越多的关门的店铺
难做的小生意,可怜的薪水
留在乡下的媳妇有了别的男人
只有我什么也没有说
本来也没有什么可说的
全世界都在下雪
外面一个人也没有

这些无家可归的人假装得多么好

仿佛哪里都是家

倒在哪里都会得到一捧黄土

他们是那样轻松

一副无所谓的样子

只是不住地咳嗽

好像要把另一个自己

吐出来

泡　　沫

穿蓝白格子连衣裙的女孩
我爱她，但是
我不知道是为什么。
她不说话，一句也没有
一杯一杯地喝俄罗斯啤酒
那高高堆起的泡沫
反射着长脚吊灯的光芒
她整个人都在这眩晕的光线里
在真实和虚幻之间
天开始下雪
穿过她冰冷的指缝

窗外寂然无声,鸟雀藏在云里
拐角胡同里的柴火湿漉漉的
我说:下雪了,我爱你
我说了无数遍
落满雪的黑黢黢的树枝
咔嚓一声折断了

遥远的土豆

❶

我们约好了，六点钟
要去田里，抠土豆，把手伸进土里
湿润的，暖暖的
一场雨水还没完全蒸发掉
妈妈，可是我不想亲近这些土豆
我不想在下午的六点钟离开家
蹚水过河，打扰撒欢的兔子
也不想翻山越岭，唱山歌
妈妈，我是不想打扰那些睡着的土豆
在土里，它们养着强壮的筋骨

它们不说话，但是却曾经偷偷哭过
妈妈，我也想哭，抱着一颗土豆
我知道，只要我们一起哭
天上的星星，就会都睁开眼睛

❷

我们只有土豆，妈妈
土豆是土做的，还有露水
种在它们的眼睛里
所以我们吃，变换各种法术
让一颗土豆养育一大片天地
但是它必须保持沉默
妈妈，土豆是不会说话的
在掌心，在眉间，在指缝里
在云朵的酒杯里，我们喝
我们在一颗土豆里反复寻找
被涂抹的天空，下坠的夕阳
挂在牛角上的残月

我们赶夜路回家，但是妈妈
别丢下你手里的土豆
更别弄疼它的眼睛，用你纤细的手

❸

土豆会开花，妈妈
土豆花的颜色，是你骨节发炎的颜色
是你熬红的眼睛的颜色
是你牙齿的颜色。在乡村
农夫不会喝酒，但是必须
会种下土豆。一垄一垄的土豆
在夜晚，在松弛的土壤里
它们讨论的到底是什么
有一次，我离家出走，躲在它们中间
妈妈，那是最温暖的一天
土豆不仅可以用来抵挡饥饿
它们还能跳舞，手牵着手
把我围起来，那么紧，那么紧

❹

总有一颗被我们落下
最大或最小的，星辰有其归属
而土豆没有，而大地没有
当我们踏着松软的泥土跑回村庄
天已经黑了下来。那些麻雀
躲在屋檐下。这个时候
我们只需要一颗土豆，被水煮过的
需要剥掉它诚实的皮，用指甲
豁开它的心脏，看看它藏着什么
最小的土豆，哪怕眼珠那样小
你也要相信，它有足够的力量
去击打我们空荡荡的大地

❺

所有的土豆，都只是一颗
你无法分辨它们。一切都是虚妄的

唯有土豆真实。当穷孩子们
顶着风雪,跪在雪地里
去摸索,用手指去抠开冻土
小心翼翼地寻找一颗土豆
被我们遗落在土里的,冻僵的
睁不开眼睛的土豆,一颗土豆
就是一条命,在北方的严寒里
土豆等待着,被一锅热水煮
被一堆火烤,反复地,直到它们
柔软得像一颗心,被饥饿的孩子
一口吞下去

❻

它们一直在躲避着什么
在被种到土里之前,它们
要被切开,用镰刀或匕首
三块,四块,白色的伤口
流着血。有时,我会用舌头舔舐

它们的汁液,淡淡的甜
被埋进土里那一刻,我哭了
我以为它们再也不会回来
我以为大地只是一个潮湿的墓场
但是后来我确认,男人们
把切开的土豆埋在土里,是一种繁衍
我常常跑到田里,匍匐着
听它们的嫩芽,在不停地撬开
月亮的牙床,和天地间的柜门

❼

和一颗土豆告别
需要弯腰,低低的
把脸贴到土豆的筋骨上
听它们怦怦的心跳
一颗土豆总是爆发和它们身体
不成正比的力量。
这世上没有一颗土豆是孤单的

它们没有过世的亲人
所以,它们从不会为自己悲伤
它们有时流泪,是替所有的人在哭

❽

我们没有一盏灯
只有一颗接一颗的土豆
堆在院子里,父亲反复地叮嘱
一颗土豆的安危,就是
他最大的心事。
土豆总能猜中他的心事
当群星坠满苍穹
那些土豆也跟着亮起来
羞涩的舌头,吐出洁净的夜晚
和最穷的人家,最耀眼的光

❾

烤土豆的人,心最狠

炉膛里塞满柴火

院子里灌满了大风

它们在山脚下,一颗土豆

不比一个人更渺小

但是它们对人间的命运所知太少

当它们被反复地烤

在慢吞吞的火焰里

微笑着,舒展一万年修炼的筋骨

仿佛一次旅行,短暂而快乐

土豆永远不会流泪

当它们化为灰烬,大地

也仅仅是破碎的瓦砾

❿

土豆经常自言自语

在母亲的篮子里,在山脚下

在溪水旁,没人关注
土豆们会说些什么
在人世间,土豆是局外人
一颗会思考的土豆
比它脚下的地球还要沉重
也没有人关心土豆来自哪里
但是我们知道
除了土豆,没有人
知道人间另外的样子

⓫

土豆并不奢望我们懂得
它们总是独自醒着
即使被土地埋得很深
土豆也是强大的,它们一睁开眼睛
天就一点点亮了
土豆很懂事,它们随时可以跪下来
朝着夜晚的天空说话

它们闪烁着蔚蓝色的光
在村庄里，土豆的一生那么短暂
一颗流星落下去，一颗土豆
就在大地上升起来

⑫

这么多土豆，挤在一起
肩膀挨着肩膀
在地窖里，在地下两米深处
它们吃冻土，吸寒气
没有人比它们更冷，也没有人
贴紧土豆的心跳
在乡下，土豆就是我们的良心
一颗土豆回归尘土，就是一个人
从异乡回到故乡

⓭

土豆,我想求你咬紧牙关

别再发出声音

也别再滚来滚去

在城市荒芜的街道上

你要躲起来,自己吮吸自己的汁液

让黑的别再变白,让大雨

回到天空,把大地归还给少年

最终的去处

给我写信的人
满头白发,狼毫笔早已折断
白底红格的宣纸
被风撕得粉碎

借给我二两烧酒,蘸着落日的昏黄
就在他的门前,慢慢地喝
等一页蝇头小楷
写清我的身世

那些碎纸屑,在酒醉后
纷纷站起来
在月光下潜入梦境
它们假装成亲人的样子

我还没有更好的去处
把自己的影子一分为二
一半钉在墙上,另一半留给
路过的穷人

微小的角落

当我说自己是一个乡下人
我感到如此惊慌,刚被收割的稻田
水被一点点地抽干

把稻米紧紧地攥在手里
它们细小的肋骨发出不安的惊叫
而当我吞下其中的一粒
一条河就会在我的身体里决堤

我深知大地上的流水
都被稻米藏在内心最安宁的地方

我也深信最寥廓的苍穹

也不过是一粒米最微小的角落

被喊灭的灯火

始终忘不掉的，是那样的夜晚
群星降落在屋檐
麻雀躲在巢中，一颗一颗地叼

采山归来的中年妇女
轻手轻脚地，一抬腿就跨过了木栅栏
小园里的夜露刚好打湿了
她的裤脚

我们躲在火炕上装睡
远来的人，还要计算明天的盘缠

什么也看不见

一点灯火都被狗叫喊灭了

这样真好

我又一次梦见你，清晨的树林里
红色的蚯蚓刚刚钻出地面
迎着光，你说它倔强的样子
像极了我。我们踏着松软的林间空地
偶尔停下来，看老迈的绵羊
如何撕下枯死的树皮
吞进它饥饿的胃，看它浑浊的眼泪
滴到我们的掌心，瞬间
就变成了石头，抑或是更坚硬的玛瑙
我们都如此疲倦，不堪一击
越用力就陷得越深

就像这树林,越怀疑我们
就包裹得越紧。
你走不动了,靠着我的肩膀
眼镜被压得弯曲,水晶的镜片脱落
这下什么都看不见了
真好。你兴奋地抱紧我
是的,我们什么都看不见了
也不需要再看见什么,这样真好

清晨的散步

我在天色渐渐变亮时
去飘荡河边散步
我知道,比我更早到这里的是
一股凛冽的寒风,撕开东边的天幕
让我能够远远地看见村庄里
那些早起的人家,正在打扫院落
去城里的马车也刚刚上路
几个年幼的孩子纷纷跳上去
叫了一夜的黄狗,此时变得温顺
在草垛一角,凝望着新月
我珍惜这样的时辰

也将在更明亮的一天
给我的儿子写信
但是我不知道我要写些什么
我无法描述这些贫寒的人们
怎样守护他们隐秘的快乐
我也无法说出
在刚刚过去的夜晚,是什么力量
让我从岁月的枷锁里,挣脱——

夜　路

我一直都怕天黑，怕黑暗中的田野
风吹那些谷粒的声音
有一次母亲带着我，从另一个村庄归来
经过飘荡河边的坟岗
本来短短的一段路，却怎么也走不完
她的脚步凌乱，呼吸急促
我紧紧扯住她的衣角，不敢睁开眼睛
我知道，那些坟堆里埋着死人
我也听说那些人会在月黑风高时
从坟墓里走出来，修改自己的姓名
风越刮越大，我们陷入到极度的恐惧中

却怎么也喊不出来
就在我们即将绝望时,一束光远远地
射过来。我们赶紧跑过去
那是我的父亲,手里拿着一把镰刀
从漆黑色的夜色里冲出来

远 行 的 人

两座新坟，挤满了黄昏中的土坡
一座很大，一座很小
它们在拥抱落日的余温，和抚摸
仿佛活着的时候，从没有得到这些

有人会从这里走向更高的山岗
看倒下去的荒草，怎样在天黑前站直身子
看那些村庄，如何把自己藏得更深

也有另一些人，会在天黑之后启程
留下他们的土房子，和空荡荡的夜晚

忏　悔　书

雪不是从天上落下来的，是飘荡河在结冰的刹那
涌动的鱼群吐出来的
是河边的树桩，被呼啸的风打碎的木屑
裹着一圈圈的年轮，狂舞
是那座新坟里的少年，写给父母的忏悔书

那个在半夜潜回村子里的人，一定又是想家了
他绕过黑黑的井口，躲过草垛里的狗叫
又有一颗星星掉了下去，扑通一声，井水汩汩而出
又扑通一声，他摔倒在雪地里，什么也看不见了

画棺材的女人

放羊的王老汉神神秘秘地告诉我
她克夫,已经死了两个丈夫
每当他点着旱烟,给我讲这个女人的故事
风都会把飘荡河的皱纹吹得更深一些
他还说,这个画棺材的女人,身子很白
眼睛里会射出刀子,咬人的时候很疼
此时,群山垂首,飘荡河闭上眼睛
流水的声响催促着落日
远远的,那个画棺材的女人
推着老式自行车,匆匆走过河边的荒草
我故意迎上去,借着晚霞的光亮

看见她苍白的面孔,比这初春的河水更冷
她没有看我,也许是没有看见
就是这样一个女人,从不杀生,从不折断一棵枯草
只给死去的人画一口漂亮的棺材
却在我离去的三年后,用她的画笔
刺进那个王老汉的咽喉

带一粒稻米回家

那些稻子说倒就倒下了
听命于一个乡下女人的镰刀
她弯下腰，拼命地梳理
一粒米和土地最后的联系

那些稻子被风吹着
最后都倒了下去，一片一片的
像那个收割的女人，默默地顺从于命运
她赶着牛车，运回落叶和满地的秋霜

那些稻子也该回家了

那些稻米,也到水落石出的时候了

我在秋天遇见它们,身子贴紧了泥土

我知道,必须用尽一生的力气

才能把它们带回家

再次遇见谷子

谷子没熟的时候
总是昂着头
在乡下,种谷子的
都是老实人
这样磨出来的米
才好吃。很多年来
已经没有人种谷子了
乡下人也学会了精明
忙着算计产量和价钱
于是,我开始想念谷子
像一个老人

想念他年轻时的情人
直到昨天,我再次
看见谷子,和那个皮肤黝黑的
乡下人。他们一起低着头
真好啊,谷子一低头
小米就要被生下来
傻乎乎的,像极了我们
小时候的样子

一闪而过的事物

那些散落在草原上的墓碑
我看不清名字
疾驰的汽车,把他们抛向远处

那些小小的湖泊,在阳光下闪闪发亮
那些一闪而过的事物
我盯得她们越久,心,就越疼

我们的房子正被星辰照耀

我们在午夜的河上行走
月光把河水洗得发白
老旧的木桥,发出咔咔的响声
仿若父亲的咳嗽
母亲轻轻拍打他的后背
桥的那一边
我们的房子,正被星辰照耀

一条鱼轻轻地浮出水面

一条鱼,如此放荡
它轻轻吟唱——情欲和衰败
它浮出水面,它看见了腐朽的天空
然后是它的沉默,把这八百里的水泽
收得越来越紧

芦苇割倒了秋风

苍茫的芦苇,割倒了一片一片的秋风
竹筏缓慢而悠然,一切都是
不经意的,我们突然看见了自己
那些在水底的幽暗的火焰……
哦,原来是我们把自己藏得这么深

在神身边长大的孩子

小时候,躺在高高的草垛上
我和天空是那么近

神也知道我的存在,他喊我的小名
母亲在黄昏时
蹚过湍急的河流

在神身边长大的孩子
头顶都有一盏灯,母亲喊一声
那灯火,就亮一些

世上的雪越下越大

我走在厚厚的雪上
这被遮蔽的一切,保持长久的沉默
找不到借宿的院落
世上的雪越下越大,而我却越来越小
远处的孩子,背过身去
扑通一声,跪在雪中

一只羊羔滚落下来

在乌孙山的南坡,风吹着它们雪白的脊背
和满含热泪的眼睛。

只有我专心地看着它们
想呼唤它们的小名
可是还没等开口,一只羊羔
从山坡滚落下来,后面跟着它年迈的母亲

我们踩着彼此坚硬的部分

现在,这里是一片废墟
深绿色的马蹄莲,覆盖它微弱的心跳
和那些没有名字的草芥
连石头都是灼痛的
我们更像是一个整体……
相互踩着坚硬的部分
走下这黄昏的土坡
刚刚死去的亲人,正沿着溪流
回到我们身边

落叶很快覆盖了这一切

这个秋天,我常常感觉到恍惚
雨中的拖拉机,早已经变成一堆废铁
老房子的主人去了山里,再也没有回来
旧时的车马,在雨的抽泣中瑟瑟发抖
是谁丢下了这些金黄的玉米
在院子里,落叶很快覆盖了这一切

这茫然无措的大地

我们在起伏的山岗上奔跑
三匹红马,运回最后一车高粱
也运回一地秋霜,和草窝里空荡荡的鸟鸣

到底是什么让我们如此忐忑
还有些什么即将消失,天真的凉了
这茫然无措的大地啊
像极了一个心灰意冷的人

树上为什么站满了鸟雀

那是一个什么样的日子，鸟雀们沉默着
站在同一棵树上
它们到底要面对些什么

我骑马经过，一点声音都没有
天一点一点黑下来
我惊讶于这寂静
轻易就把尘世碾碎

霞光在缓缓地升起

我们站在黄昏的麦田里
手中握紧了刚刚磨过的镰刀
还有秋天的,被掏空的果子
在慢慢地,下坠……

背对着落日和群山
一切都静止不动,唯有霞光
在大地上缓缓升起

星辰将照耀远去的人

我在日落之前，和他遇见
在飘荡河最后一个拐弯的地方
初冬的田野，在微微地叹息

很快地，星辰将照耀
已经远去的人，那向天空张开嘴的棺材
现在灌满了风

到底是谁，把他引荐给天上的神
又把他推回到我的身边

瓦房村的落日

瓦房村的落日
被高高的天线划开一道血红的口子

它每一次下沉
都让我想到人世的晚景
和那些刚刚
沉到地平线下的人们

它每一次彻底隐去面孔
都让我手足无措,瓦房村的落日
我从不奢望再升起

我更需要一只猛虎的撕咬

在亚布洛尼的星空下
我是一块被冻僵的石头
那些被照耀的事物,已经沉睡得太久
此刻,我更需要
一只猛虎的撕咬
在亚布洛尼的星空下
发出清脆的响声

锄禾镇的水塘

锄禾镇，夜晚九点钟
街道已经空无一人
刚刚埋在地里的种子
悄悄地说话
星星，就一颗接一颗地亮了

我无事可做，远处的水塘
正陷入慌乱

偶遇大兴安岭岩画

那些刻在石壁上的符号
我一个也不认识,我害怕那些岩壁上的影子
突然醒过来

在大兴安岭的深山中
我一直弯腰,贴紧落叶和荒草
我必须假装自己是草木
才能躲过他们的质问

我比这半壁江山更冷

我是不经意间才看见春天来了
残雪咬着脚尖
刚刚冒头的青草,舔着骨头里的寒湿

我比这半壁江山更冷
僵硬的双手捧着微微跳动的烛火
这反复来去的寒夜
比任何时候都难以抵挡

卑微的事物正在把我们怜悯

夜晚的树林,水汽在缓缓地升腾
我们漫步其中,不需要灯火
也不需要指路的人

野草莓在瑟瑟地发抖
那些卷曲的叶子,停止搬运的蚂蚁
蚯蚓们关紧了群山的大门

这些卑微的事物,正在把我们怜悯

三 颗 种 子

在嫩江边,我分得了三颗种子
一颗种在脊背上
一颗种在胸腔里
一颗种在眼眸中

我想让三颗种子
长出我最缺少的辽阔,沉实和远见

三颗种子,我一触摸
就变成了坚硬的石头

乡下的病人

午夜的乡村诊所，空无一人
几种常见的草药，还在陶瓷的罐里
熬药的人去河边取水
再也没有回来

我在这里病了，种稻子的人肠胃空空
她替我诉说自己的病史
蛙声四起，把最后一点火焰掏空
我早已忘记自己是一个
需要诊治的人

野　稻　子

我一直不敢承认:我们是一起长大的
漫步在午后的滩头
我不敢说出它们的小名

暴雨突然倾盆而至
最疾的一阵,打得我们弯下腰去
凌厉的闪电抽着脊背

而始终在狂风中挺立的
是我最羞于说出的,那些倔强的
野稻子

渴　望

有时候特别渴望
母亲把我叫回她的肚子里

哪怕再生下来的
是另外一个人,或者干脆
就一直躲着

来和不来,对于我
是不一样的
我宁愿永不见天日

也不愿意像现在这样
草率地奔走，常常魂不附体

上 杭 县

我找不到进城的门
瘸腿的父亲,牵着他蹒跚的小儿
在河边,他们说些什么
河水又在说些什么

没有他们的允许
我无法再前行一步
一看到那条沉默的河
就想哭,却不能告诉自己的孩子

一个从未谋面的故人
带来发黄的家谱,他平静地告诉我
一个孩子刚刚生下来
一个老人刚刚回到石头里

醒来的人

在靠窗的一面墙上
他低沉的咳嗽声让邻居感到不安
事实上,他是胆小的人
他睡过去了,佝偻着

他在睡得很深的时候
还提醒自己要谦卑,弯下腰
他的咳嗽是不可原谅的
窗台上的花已经很久没人浇水

恍惚中他知道自己犯错了
在嘈杂中保持沉默的人是可耻的
他继续做梦，发烧，嘴唇上

堆积着整个时代的火泡
他更加不能原谅自己，他醒了
他看见广场上，角落里，沙发底下
连他变形的手指缝里
都挤满了人，但他一个也不认识

玻璃咔嚓碎了

我漂浮在半空已经有些时日
脚下的玻璃咔嚓碎了

再结实的绳索,也捆不住
一个沉重而绝望的肉身

风扑打着门环,脱轨的列车呼啸着
咔嚓一下
扎进我刚刚停止的心跳

不能理解的寂静

根本就没有海

甚至连波浪的声音都没有

只有一艘远洋货轮

涂着红色油漆

擦过大海蓝色的面颊,亲爱的

它们像两块铁的摩擦

亲爱的,你喜欢大海明亮的部分

而我,一直被裹挟在

它的深处,你不能理解的寂静中

最大胆的一刻

石头的内部是空的
我想给石头打气,用我的血管
另一端插进我的心脏

我全部的力气,也不能
让石头升起来
我最大胆的一刻,是把自己眼睛睁开
盯紧这石头里的空

我最胆小的一刻,是闭上眼睛
躲在这空空的石头里

我把大海揣在兜里

我抓紧钢铁,凝固的水泥,公共汽车
轰鸣远去的背影
雨中的老人举着被风撕碎的伞
最坏的天气只用来喝酒

只有醉酒的人才配得上大海的慷慨
收破烂的老人等待下一个空瓶子
我以为自己可以到达任何一个地方
每一次出走
都会把大海揣在兜里

所有的门都隐去面孔

夜晚到来之前,我要做足够的准备
因为我一直确信
将有人撬开锁紧的门
他要干些什么,我并不知道

喜欢狭小的空间,只能装下我的身体
在这里安然入睡
只留一只蚂蚁,一百年喊醒我一次

一点声音也不要有,寂静是恩赐
我和墙壁靠得紧紧的

所有的门都隐去面孔

我只借助梦幻,在自己的身体里

自由出入

写信的人

被风吹开的门
过时的钟表,它们见证了什么
邮差在细雨中打着哆嗦

我不知道那个写信的人
他曾在我幽深的瞳孔里跳舞
他的脚步细碎
身后跟着湿漉漉的旷野

在漆黑的涛声里

又一架飞机，从夜晚的大海
缓慢地飞过
我们在漆黑的涛声里喝酒
把一叶扁舟劈成柴火

我们仰望的星空
刚刚关掉褪色的木门
海风被烈酒灌醉，还是没有好消息
在鲸鱼的背上浮出水面

没有人打听那条小船的下落
我们放生的鱼群,又被送回陆地

梦　　见

梦见他死了
躺在一块冰凉的木板上
双手攥成拳头
两只脚使劲儿向外
有些路还没走完
就这么停下了,有些不甘心

雨越下越大
耳朵里灌满了泥沙
越用力挖,沙子就越多地涌出来
活着时想说的话

还不及这万分之一

我只是远远地看着
和活着的时候一样
我们有一张同样的脸

我们在清晨的园子里相遇
我为前夜的梦感到惭愧
但依旧没有说话
我只是故意向他走近了
一点点

生　日　诗

这么多年
我一直像一棵树那样要求自己
迎风而舞。而现在
我数着年月，四十载光阴
跳进沸腾的河流
一次又一次，我坚定地认为
自己是孩子。但是，却要
用成人的方式生活
我到底在惧怕什么？在田野中
构思一座宫殿，再一点点拆毁
在钢筋水泥的丛林里，遥望

故乡的草地,祖坟旁的河流
眼睛里堆起的雪山,胸前种下的树木
午夜的群星睁开惊悸的
眼睛。没人告诉我为什么到来
忍受时间的针脚,一针一针地扎
比如此刻,我写下这些文字
我以为可以看见更远的一些事物
比如爱,比如仇恨,比如国家
和它的领土,比如乞丐和它的空碗
我一想起这些,大雪立即
扑面而来

那些莲蓬跪下去

落进莲蓬里的雪
心最狠。咬着冰冷的牙
雪和莲蓬撕扯着,那些莲子
散布雪中,恍若
射出去的子弹,谁也不知道
它们曾经打穿过谁的心脏
带着血,摩擦着铁石般的心肠
也顶着露水,假装什么都
没有发生。可是真的没有发生吗
那些莲蓬为什么跪下去,等风起时
咔嚓一声被砍去头颅

冬日回乡

雪还没有完全把土地覆盖
那些裸露的部分,慢慢结痂
炊烟已成传说的一部分
这些土坯砌成的老房子,低着头
像一个犯错的老人,等待责罚
而过去的一切,房子里的人
他们曾经站在寒冷的风中凝望什么
这一切已经没有任何痕迹
我再也喊不出屋子里的人
风刮得更猛了,我抱紧斑驳的泥土
像抓住失踪已久的亲人

耕种的人

在飘荡河边耕种的人
俯身,亲吻这山岗,大地冰凉的骨头……
平缓的草滩上,种下黄豆,谷子和小白菜
它们小心翼翼地发芽
但是一言不发……

古　韩　州

土城墙倾斜着，树也跟着斜向天边
就连光线都是拧着的
穿过古韩州古老的日落，和衰弱
卖杂货的少年
发白的牛仔裤明亮而又刺眼
他经过这里，扬着头，好像这落日
刚刚从他的眼睛里逃出来
他不去追讨，隐藏在羞涩中的冷漠
甚至他从不会看它一眼，无论多么硕大
他也不需要读懂古韩州的历史
他并不在意的事物，此刻正被我们

顶礼膜拜

黄河边打坐

打的是心,坐的是禅
在黄河岸边,盖家沟险滩
被风吹凉的胳膊肘
是老黄河五千里征程的死结
今天,我们亦僧亦道
把自己浸在河水里,听暗流
几万年的涛声把自己隐藏得很深
几千年的缘分,在一杯酒里
在此刻做一个了结。指缝灌满泥沙
月光只是一片眩晕
说和不说,黄河,都是我耳朵里

收留的最后一个行者。如果有来日
我们将是遗忘,将是光
真的来过,也真的
不会再来

满山的阳光在发芽

满山的豆荚都爆了,母亲一颗一颗地
往回捡。直到月光打湿了她瘦小的身板
她才一步一步地挪回村子
像一颗迟到的星星
她不出现,天空就是残缺的
那些猫儿和狗儿们都睡了
只有一两户人家亮着灯
那是他们的女儿要出嫁了
父亲在擦洗她的伤口,用不新鲜的水
父亲就喜欢我半夜翻书的声音
他说像他当年开山的爆裂声

天还没亮，母亲就去挑水了

她把水哗哗地倒进缸里

睡梦中的我，以为那是满山的阳光在发芽

恍若隔世

从前我只珍惜一面镜子的反光
珍惜一朵花在暗中的祈祷。对于
那个扬长而去的人我从来不曾在意,而时光
从不随人的意志而流转。收留
阴影的人却成为另外的阴影

在这泥泞的下午,我们被这陌生的小村
暂时收留。这让我感到轻松
漫长的江堤分离了内心的狂乱和瓦砾
一个女孩在门前安静的阴影里
我们好像熟悉,好像是

她的凝望才使我的脚步变得异常慌乱

也许我从未真正地来过,也许
我一直就坐在这个冰凉的板凳上
破旧的客车,酒店里喧闹的男女
以及返程时流淌的夜晚
但愿这一切只是梦幻,因为
只有梦幻才有重新到来的可能

看起来明亮的事物

苍穹只是一件宽大的袖袍
天空是袖口,而大地只是衣领

急促的针脚,是那些耸起的山峦
被反复地推敲,山谷中穿行的人们
不敢仰望更高的山峰

闪电划过我们的胸膛,那些苍白的脸
正在被反复抽打,和质问

仿　佛

我们在刚刚盖好的房子里
说起别人的不幸
外面的雪越下越大

炉火渐渐熄灭了
雪让这夜晚变得明亮

仿佛那些不幸的人
又回到世上

最后的一滴

把大海涂在墙上
把一条船塞进两朵浪花的
缝隙里

海面布满了皱纹
一个老人走过来
一脚踢翻了海这个大盘子
地球呛满了泪水

但你永远抓不到
最后的,一滴

在大海上写信

把大海熨烫平整
我要给你写信,用弯曲的光束
在上面写

用一个无用的男人
全部的牙齿,在波浪上写
礁石,和海鸟的耳朵
到底听见了什么

把高山上的玉石嚼碎,用眼睑
研磨。我要给你写一封信

用空气，和遗忘，在这大海上

与一扇门的和解

推开这扇大门
需要用力,这块沉重的铁
喷着青铜色的漆
每次来去,我都以为
自己回到了古代

或者更久一点的时候
我和我自己都不认识
没有一扇门可以抵挡全部的时光

也不需要和另一扇门和解

我推门而出,对一切视而不见

我只享用落叶,纷飞的
鞋尖上的尘土……

另一种祈祷

据说只有三个女人
曾经完整地走过这条街

从南向北的要顺着风
她是缓慢的,喘着粗气
从北向南的要顶着风
她是局促的,屏住呼吸

那个在中间出发的
需要左右逢源,但也要风雨不误

而我,端坐在发霉的木板上
需要用力地转动生锈的门锁
需要一刻不停地祈祷
——这世道安宁,我才有胆量
去爱她们中的任何一个

会有人给我写信

我向你讲述,幼年的雨
只下在一片叶子上
八月的乡村,邮差笨拙地
走过我的院子
但那封信,和我没有关系

浸着雨水的信纸
长出绿萝卜,蒲公英
齐腰深的麦田里,有人悄然走过

我的雨,轻轻地敲着池塘的反光

会有人给我写信的

并在空空的信封里

种下青松和白杨,一个人

最初的模样

央金卓嘎

在这个大城市,浪费她那把硬骨头了
米玛说。她和雪山脚下的牛羊一样
风越大骨头越响

在通往图书馆的路上
央金卓嘎偷偷地看着我
她确实像米玛说的那样,黑瘦的
除了皮就是骨头,除了恐惧还是恐惧

我也害怕,怕看见她小鹿一样的眼睛
除了干净还是干净。我也怕

不小心碰着她的骨头,清脆地响

米　　玛

胖乎乎的米玛,胸前挂着老天珠
很昂贵的,在夜晚闪着光
她家里牛羊格外多,羊群翻动着雪山

乖乖的米玛,很少说话
雪山很少说话的,牛羊也很少说话的
在图书馆,她只是挨着我坐下
那个老天珠也不说话

米玛,胖乎乎的米玛
她爱我,也爱雪山和天珠,她不说话

但我更爱央金卓嘎

仓吉卓玛

她奔跑的样子像一头豹子
但真的是母豹子
央金卓嘎羞涩地笑

我们在一起打篮球,仓吉卓玛
总是扑向我,又迅速地闪开身
雪山的脸也不会变得这么快

吃虫草长大的仓吉卓玛
除了浑身的力气,也深深地爱着
不是彪悍的男人,而是那些藏羚羊

在雪山下,她们一起长大

爱做梦的仓吉卓玛
她要献给我虫草,阿妈亲手挖的
她说我太弱小了
一只小羊就能把我踢翻

拉　　姆

拉姆的红指甲闪亮亮的，长遮帽
替她挡住了夏日的光。她爱美
一直以雪山上的公主自居

爱美的拉姆，也爱歌唱
当她歌唱的时候，也爱那些漂亮小伙儿
在月牙街，神的召唤是一家酒吧
拉姆是神。但是神却不眷顾她

她歌唱，醉酒，吸毒，在神的面前
神魂颠倒。直到她被强制

在那间狭小的屋子里,她哭喊,撕扯
我和央金卓嘎,米玛去看她

但是我们什么也没有看见,天很冷
长遮帽上落满了雪。阿妈的牛羊
该回家了,米玛和央金卓嘎低声说

德　　白

德白不爱打篮球,也不爱歌唱
德白只喜欢石头和玛瑙
她去乌苏里江边找石头,她爱的那块
风一吹就会说话

从哈尔滨到乌苏里江,德白靠步行
一个村庄到另一个村庄
吃百家饭,喝江河水,在山中迷路
有一次夜宿铧子山,遇见狼
德白只是俯身,微笑着,她是阿妈
用狼奶喂大的

她只爱石头,不爱男人,也不爱牛羊
从扎曲来哈尔滨上大学
她只背了阿爸留给她的石头
和阿妈的骨灰

雪　　人

她总能听见雷声
在这个城市里,她用从老家带来的篮子
装满月光和水
在空无一人的广场上,堆雪人
雪做的胳膊,雪做的耳朵,雪做的脚丫
月光是亮起来的眼睛
而那些水,是新鲜的血液
那么冷。雪做的身子瑟缩着,不说话
但是她要说,不停地说
直到她也变成一个雪人
紧紧地抱住另一个

她那得白血病，刚刚离世的孩子
此刻好像又回来了

我们怎能从未相识

老家来人说,又有两个年轻人死了
都是癌症,都留下两个孩子

我故意装作无所谓的样子
好像和他们根本就不认识

脑海里却浮现出我们年少时
在村里奔跑的样子,迎着风

我越装作素不相识
心就越疼,我离他们越远

就越惦记他们的命运

男　孩　儿

他把塑料瓶子举过头顶
甜丝丝的红茶
一滴都没有流出来

他总把生活理解成这个瓶子
想怎么捏就怎么捏

他八十岁的奶奶,眼睛已干涸
她更钟爱这空瓶子
空了就是空了,不需要再填满

她眼睁睁看着男孩儿把瓶子捏扁
用力地抛出去
下午的瓦街,空荡荡的

怕光的人

神说,要有光,于是就有了光
于是就有了怕光的人
但不惧怕神

夜晚,是一个空荡荡的钵
盖子捂得越严,就越感到安全
怕光的人双手沾满了月色

把自己熬制成黑暗的一部分
反复地搅动,怕光的人,越恐惧
就越清楚地被看见

俗　世

我已经习惯它的庸常
一般,我会睡到下午三点钟
打开窗子
看对面店铺里的女人
她摊开雪白的面团
嘴里絮叨着,骂她无用的男人

有时我也会坐在窗前喝茶
呆呆地望着,捡垃圾的老人踏过青色的台阶
他嘴角抽搐着
一只袖子空荡荡的

装满了风

我更期待一个漂亮点的女人
从我窗前飘然而过
只是我还没有更好的茶具
比如紫砂,比如陶,比如竹木
或者我还没有足够的勇气
把自己从生活的这盘石磨里
用力地,拔出来

我们决不会为自己祈祷

最后一枚果子也要掉下去了
你亲手种下的菊花,一天天瘦下去
我担心再过些日子
就只剩下一身雪白的骨头了

为你熬的药还在罐子里
我们种下的粮食,还没来得及收割
当寒风带走最后一片叶子
亲爱的,我们决不会为自己祈祷

夜半与友人对饮

兄弟,我们喝酒
白酒,六十五度,点火就着
一剑封喉,让黄皮肤变红
让五脏六腑淬火,让白头发变黑
让弯下的腰直起来
兄弟,我们好久没喝酒了
眼泪藏在指甲里,雪落在眼睛里
白茫茫的天地间,也只有这一壶冷酒
能焐热越来越凉的肋骨,和舌头

回　声

在我窗子的前边，越过
一树叶子的声响，是一些
我不认识的人。是同一个城市
不同的梦境，但我相信他们
曾经有过比时间更为朴素的渴望
此刻，寂静是一枚失忆的硬币
它听见了夜晚的回响。母亲
忙着往窗上拼玻璃，在警觉的冬天
野菊与无名的星辰
都会让一个麻木的人潸然泪下
穿过一场大雪中的葬礼

穿过深秋的萧索

就在昨天,或者再远一点的日子
一个老人的手杖发出了嫩绿的芽
“我的眼睛不再是一口干枯的井”
他为人们的匆忙而微笑,即使
遗忘,也是难得的永恒

他想念一捧尘土的反光,想念
与一片沼泽深渊般的爱情。他们
从来不会相互施舍,村庄在
二里外的山岗上,像过时的水晶
日子还没有被相爱的人镀金,即使
经年的林地也需要一阵一阵的风
捎来隔世母亲的叮咛。有人听见日子
搬动流水的响动。私奔的爱人
屋顶的青苔,田野总是莫名地开满黄花
但是它们从来就不属于自己。就像

邻家的女孩忙着嫁给一个她不爱的人
就像我的父亲,正经历贫疾的折磨
但是眼前的日子还是一阵赶一阵的凉

也许,人一生下来都是无心的
我从不责怪我的母亲,责怪她把我
带到这个世界。我更不会恨自己
在掌心的阴影里,我承认
日子有时是灰暗的,我承认那些
死去的人有着值得珍藏的美
但我不能留下任何一只手
他们属于上帝,属于一只蜘蛛
就连一根发丝我们也无权支配
常常我认为自己是一个不称职的演员
冒充着许多人,而在那些人眼中
我们不过是一株芦苇
风一吹过来就不会再有一丝痕迹

漏雨的天堂

暗室里的阳光已经略显破旧
一切都成老态。唯有小花猫的花蹄印
挺拔而秀丽。下午
主人回来,查看花草
露珠盈满了沧桑
她不回忆也不憧憬
简单的动作已重复多年

冷静。冷落的茶杯里
毛茸茸的梗,像一些
淘气的小松鼠

在一个特殊的环境
一切生物都能改变自己的口味
对于事物以及肉体的欲望
有时会相互模仿,如出一辙

冷漠。床铺与红漆木椅上
犹豫的气息。多年的顽疾
找不到传世的名医,生活多像
一把刷子,它使曾经的一切
变得暗淡,使一些真实的场景
成为虚无

轮回的时光

听见一栋楼小心翼翼的黑
楼道里肯定有人
在写信,或是干些别的
但我知道
他并不属于这些房子的
任何一间

他还不属于他自己
门缝里的咳嗽
并不需要一把钥匙来证实
没有什么是打不开的

他还在走,向上

但我知道,他肯定

爬不到楼顶

因为这无限旋转的生活

已经顺着乖巧的楼梯

回到了低处

公 交 车 上

习惯性地眩晕,习惯性地
在一个眩晕的城市昏沉沉地睡去
不知何时外面下起了雪
我并不知道这雪都叫什么名字
也不知道会有哪一朵
落到地上,化成水再冻成冰
但我清楚的是,他们
都变成了兄弟姐妹
曾经走着同样的直线和曲线
梦想着一样和不一样的事物
车在拐弯的时候

人们向着同样的方向
倾斜。有的人抱怨
司机的粗鲁和盲目
有的人把自己的手暂时放在
我的衣兜里,又飞快地
把我的贫穷据为己有
这让我多么兴奋
难道我们不都是被寄存的吗
他在向我辩解,掏出刀子
“也许人只有在刀锋上才能屈服掠夺的美”
现在我必须说出向他感谢的话语:
谢谢你,把自己的温度留下
还顺手带走了我的虚空

在墓地散步

❶

那是我第一次去墓地,城里人的
墓地。排列得严谨而又整齐
一行行的,中间都有狭窄的过道
刚好可以让一个人从容地走过
每逢大雨,淹没那些大理石基座
墓碑上的名字我们再也看不清
事实上,他们并不需要我们看见
祖籍,生卒年,姓氏与名字,被刀斧
雕刻在石头上。此刻,正被我们
一遍遍阅读。那天,我和友人们

去送一个老人,正赶上大雨倾泻而至
墓地被雨的冰凉的舌头舔舐
我们感到那么冷,但还利用一点间歇
走了几个来回,我们顶着雨
为那些看不清名字的墓碑
抹去肮脏的泥水

❷

为什么是墓地,才有如此沉着的光
当雨停下来,我们赶紧抬起头
但我们不知道自己要寻找些什么
藏在墓室里的人们,一定狡黠地笑着
因为他们并不能感到雨的凉意
也许他们从不会冷。一只猫提着它
湿漉漉的蹄子穿过第三条过道
它的眼睛里闪着温暖的光
好像这一切只有它能阐述清楚
但它始终沉默,在墓地里巡梭着

我并不知道它是否把我们看见
我们呼叫它,喵喵地模仿
它母亲的样子。天近晌午,有一些光
被迅速地繁衍。但步履沉稳
好像这个即将合上的灰色理石墓穴
已经等待了千年,淘气的孩子
终于要通过这张开的大嘴
回到熄灭的灯盏,和穹隆

❸

土地伸出它苍白的脚
一截枯木,白杨的前世
在这边墓地的边缘,目睹来来去去
相对于被遗忘的丛林,腐朽的
树木更能说清归途。但我们
却不知来路。我们是送别者
有一天也会以同样的方式
被送到这里。用我们化为灰烬的手

触摸，墓地上空的蔚蓝，墓穴深处
忙碌的虫蚁。这一切将不再
以诗歌的形式呈现，而是想象
我并不能从容地构思自己的来世
当我写下这首诗歌，在这一望无际的
碑林，我不会庆幸自己的生
当然也不会因为，有一天
我也会躺在这里，而深深地恐惧

瞬　间

❶

每个夜晚,我都会因为黑暗
而激动很久。我的眼睛
其实就是它们的一部分
我所看见的光
来自打磨,来自两枚
硬币的摩擦

❷

但是那只手在哪里
操纵着两枚硬币的手指

敲响山门，但我已经
趁着夜色离去
我并不需要光
事实上，我们都一样
更渴望在巨大的黑暗里
独坐

❸

睡眠，抱着冰冷的
药丸做梦。没有一种药
能医治绝望
又为什么，我们还在行走
鱼在一个盆里
以为这就是大海
它惊讶于自己的庞大
星辰在宇宙间
却如此的小，小到
和我们的瞳仁一样

❹

在松嫩平原的腹地
在一个古城里，我们转来转去
相对于平原的浩瀚
我们把这儿理解为一个肚脐眼儿
我们就在这里，又似乎不是
它的小腹起伏着，轰隆隆
冬雪在下午三点到来
一瞬间，平原消失于
这慌乱的白

❺

强大的事物从不会祈祷，那些树
摇晃着天空，而风
从两片叶子的缝隙里逃脱
事实上，虫蚁也不曾学会弯腰

在巨大的石头面前,它们搬动着大地
江河在它们的眼睛里停住脚步

唐岛湾信札

❶

卓卓,我紧紧攥在手里的
就只有你的名字
我一万遍地温习,让这两个字
拥有我的体温。在大海的拐弯处
浓雾让我找不到
回去乡下的路,我也找不到你
海港上的大船满载货物离去
留下的是呜咽的长笛声
让我更加听不清人间的声音

❷

就在昨天,你十八岁了

看见你在成人礼上的照片

爸爸很激动,也很茫然

原来这就是我的儿子

你每长高一寸

我就离家更远千里

直到现在,你身高六尺

而我驼背,瘸腿,就要矮到土里

我们陌生,除了户口簿上的标注

再没有痕迹,可以证明

我们血脉交融

❸

卓卓,在我还没有能力

成为一个父亲时,却生下了你

这是罪过。一个孩子

生下另一个孩子,这也是一种罪过

但是你来了,这是命
我用我稚嫩的手抱住你
慌张而又无助,疲惫而又激动
那一刻我还不懂得父亲的含义
也不知道人间有多少疾苦
在等待着我们

❹

卓卓,爸爸还记得你三岁时
坐在我收破烂的三轮车里
黄色军大衣裹着你,小脸儿黑黑的
那些城里人叫我小孩儿
然后把一大堆废报纸扔进车子里
然后是你惊恐的哭声
我赶紧把你扒出来,把你
紧紧地抱在怀里
这个城市,这些城里人把你吓坏了
还有一次,我去十七楼搬东西

把你自己留在三轮车里
等我赚了五块钱回来，那些
城里的小孩正拿着巧克力
让你叫爷爷，然后把巧克力给你吃
但是你没叫，你也不哭
那一刻，你那么冷
眼睛里结满了冰

❺

卓卓，你在垃圾堆里长大
在爸爸的三轮车里学会汉语拼音
你没去过幼儿园，交不起学费
你背唐诗，很小声，怕惊动城里人
你也喜欢看漫画
在废纸堆里翻，找到喜欢的
你也会手舞足蹈
模仿葫芦娃，惩恶扬善
卓卓，那时候你灰头土脸

和爸爸一样。等你长大点了
你知道帮我推车,用尽所有的力气
有一次我们把一辆轿车刮坏了
有钱人要打爸爸,你央求人家
还从自己的小衣兜里
掏出两块钱,你说
伯伯,别打我爸,这钱给你修车
那个有钱人乐了,弯下腰
他还抱了抱你,又转身
从车里拿出一堆好吃的给你
那一次,我们第一次知道
城里人也很温暖,也有好人

❻

卓卓,你熟悉那些被扔掉的东西
塑料拖鞋,旧衣服,废报纸,破家具
城里人丢弃的,我们都要
整个小学,你没穿过买来的衣服

我们在这些破烂里挑选
然后一件一件试穿，爸爸还记得
一九九八年冬天，风雪交加
我去杂志社投稿，一沓儿烟盒纸上
有爸爸写的诗。你穿着
城里人给的羽绒服，像个大倭瓜
我们被门卫拦在外面
你挺着小脖子，骄傲地说
我们来投稿。你的话让门卫哈哈大笑
但是你很严肃，其实也很害怕
小手攥紧了爸爸的衣角
眉梢上的雪越积越厚，像一座
小小的雪山

❼

卓卓，爸爸很想你
我已经很久没和你说话了
每次你都说太忙，急匆匆地

挂断电话,爸爸还想嘱咐你几句
话还没说出口,嘟嘟的忙音
让我不知所措
春天我回去看你,在附中的门口
月亮被乌云遮挡,黑漆漆的
我在铁门外望着教室里的灯光
想象你的读书声,多好啊
我的儿子在这样的高楼里读书
晚上十点多,你走出来
远远地,我看见你
俨然是一个大人了,骄傲,凌厉
又小心翼翼
这就是我的儿子吗
那个曾经坐在三轮车里的小黑孩儿
现在我们离得那么远
大海,高山,一望无际的人世的沙漠
我们隔得越来越远
爸爸现在挥洒自如,从三轮车

换成了进口的吉普
但我依然是市井小民，对你
我有深深的愧疚，不能原谅自己

❽

卓卓，夜已经很深了
雨越下越大。世界上似乎
只有雨的声音，相互撞击着
这样的时候谁在雨中奔跑
都会让我心疼，更何况是你
初中二年级的时候，你顶着大雨回家
积水漫过了你的膝盖
你把书包顶在脑袋上，你哭了
被困在水中的孩子
像一棵稗草，连身子都不敢晃一下
这个城市不愿意让我们
舒展筋骨。卓卓，那场大雨
差点让我们再也见不到

直到雨停了,水退回到地下
和那些我们看不见的地方
从此你怕水,尤其是城市里的
你说城市里的大水
都是藏起来的,咬人时很疼

❾

儿子,你一定也没有睡
你是不是靠在寄宿学校的铁床边
爸爸不知道你在想些什么
十多年来,你读最差的小学
一家工厂的子弟校
你知道爸爸是收破烂的
所以从不大声说话,只有一次抢着
回答问题,答错了
被女老师扇耳光,左右开弓
你自己都不知道被她打了多少下
脸蛋儿肿得很高。你不敢说

欺骗我们，编造了很多理由
那天很冷，大雪包围了出租屋
你假装要去撒尿
你好久都没有回来，雪地上
我看见你踩出来一行小小的脚印
卓卓，你曾经喜欢雪
可是从那天开始，你很少说话
也不再渴望下雪
有时看别人无意伸过来的手
你会惊悸，慌乱地
捂住自己的脑袋

⑩

卓卓，你最怕的是说话
刚上初中时，你的嘴唇经常哆嗦
那时爸爸已经不再收破烂
但你依然胆怯，像惊慌失措的小麻雀
你一说话就流泪，就像大地

被风一吹,江河就低低地哭泣
这城市没有风啊,儿子
你还是小心翼翼,连用手指
翻动书页的时候都怕发出声响
你以为我们活着的世界是寂静的
儿子,你不敢说话,是你什么
都没有听见。你小小的牙齿
咬得那么紧,把老家的南山都嚼碎了

⓫

儿子,在你初中二年级的时候
爸爸终于给你落上了哈尔滨户口
一个紫红色的户口簿
印着你的名字。也在我们
二十多平方米的小屋里
爸爸第一次喝了一瓶啤酒
我以为你也会兴奋
像我一样手舞足蹈

但是你没有。你沉默着
甚至没有看一眼那个本子
你只是站在窗前
我相信你并没有凝望远方
我也没有。相比于乡下的月色
窗外的天空是浑浊的暗黄
直到很晚了,你才问我
爸,我们真的不回老家了吗
我说,是的儿子
我们再也回不去了

⑫

是的,卓卓
我们再也回不去了
城里的月亮和老家的不一样
还有星辰,树木,青草
人的呼吸,昂头奔跑的宠物狗
这一切我们都要习惯

把敬意保持下去，腰还弯着
腿还是被关节炎折磨
儿子，你用持久的沉默隐藏自己
我不知道你的耐力来自哪里
你从不哭，也从不笑
你的老师说，你一出生就长大了
好像这一切都跟你没有关系
蓝白相间的校服，廉价的跑鞋
书包里的水果刀，紧紧地
捏在掌心里的回家的月票
卓卓，你不再害怕了
即使走很晚的夜路，要绕过
那些不良少年的地盘
你也是瞪着眼睛，你怕一闭上
天就再也不会亮起来

⓭

卓卓，你偶尔说话

也是结结巴巴的
没有一句完整的话可以说出来
这让爸爸感觉到难堪
别人家的孩子都会说话了
你还是紧闭双唇
即使饿了,也只是攥拳头
儿子,你热爱并忠实于自己的拳头
初三时一个富二代打你
用他的手掌一下下扇你的脸
从教室到校门口
你突然攥紧拳头,像一阵风暴
儿子,那一刻你长大了
直到那个孩子跪地求饶
你依然不说话,你只是咬紧嘴唇
挥舞着双臂,呜呜的风声
把这个别人的城市都淹没了

⑭

儿子,你像一个英雄了

不再恐惧,不再弯腰,也不再瑟缩

相比于说话,你更喜欢

拳头带来的快感

每一次你战胜他们

我都在心里悄悄为你喝彩

作为爸爸,我过于弱小

那个十平方米的木板棚子里

听到你第一声啼哭

实际你没有哭,我确信

儿子,男人是不该轻易流泪的

你像被遮蔽的一条大河

藏起了无数的刀子,你射下的

每一颗星辰也被藏得很深

你不想自己的洪水淹没我们的荒芜

但是,我没有能力阻止你的决堤

你自己也不能,儿子

你越强大,堤坝上的浪
就越凶狠地扑打你的胸膛

晚　　唱

❶

我一想到家,心里
就有一口井深不见底
腐烂的苹果,滚动
一个月前,它被丢在地上
裹着塑料封套
如同一个精致的女子
戴着劣质的帽子
我看见它从沙发滚落到地上
一直转动着
现在,它还在不停地奔波

在我狭小的屋子里
守着幽深的井口
偶尔叹气,要做
水和蜘蛛最小的妹妹
当我离去,良久不归
它们偶尔会焦虑,躁动
隔壁女邻居,退休的护士
她会听见水哭的声音
她戴上纯银的耳环
扭动着腰肢
做一个影子的邻居
是多么让人不安
当我回来,钥匙锈死在锁孔里
我故意留下它们
想象有一只手来捏住
并旋转,吱嘎的一声
划开夜幕。这嘶哑的声响
多么温暖,让死去的鱼

忽然惊醒，让满地的尘土
绽放无名的花朵

❷

有时我怀疑，当我不在
谁在这里翩翩起舞
谁在这口井里跳来跳去
谁翻过我的相册
谁在我年少的脸蛋儿上捏了一下
谁坐过我的椅子
谁触摸过我的半颗牙齿
并把它镶嵌在白银的深处
谁模仿我蜷缩的样子
在一面镜子前
烧着自己的满头白发
谁在给我写信
用我的钢笔，用我的毛边纸
并在纸的褶皱里

藏好硬币,消炎药和救心丸
谁还像我一样
把米里的虫子养育成哲学家
把台灯上的光晕
缓慢地摊开,用来缝制
保暖内衣和女人的肉体
夜深时,可以相恋
自己抱住自己,用情话
喂养更年期的暴躁
也用泪水,灌满这口幽深的老井
让它暴涨,毫不留情地
淹没方格本,老电脑,煤气管道
淹没翻过的书,和来不及
晾晒的衣服,淹没旧情人
并下雨,下大雪,下冰雹
让留下的脚印蔓延成沼泽
让那些虫子尽情繁衍
床瘫痪成鼠辈,而玻璃拉门

则要虚掩着
以便让那个影子侧身走过

❸

我习惯留一盏灯
朝着这个广阔的世界
亮着。这样多好
路过的人会以为这里
一定有慵懒的妇女
忙碌着,在布满皱纹的脸上
铺满白色的乳膏
或者扮鬼脸,还有一个孩子
穿梭在她宽大的裙摆里
我要让他们尽情想象
红色被罩,电热毯上遗留着
一个男人力不从心的中年
即使虚弱,也值得骄傲
即使无力也要孤注一掷

除了这一小片光
还要搅拌辣椒粉末,老黄瓜
温一碗酒,给过路人喝
让他们知道住在这里的人
活得多么真实
要把镜子擦亮,反复地照
和耀眼的晴日对视
让他们看见镜子里的人
下垂的眼袋,上扬的眉梢
松垮的乳房依然韵味十足
这一切是多么好啊
当我留下这盏灯,拧开
淤塞的水龙头,让它尽情去浸泡
再结冰,把那些想象的头脑
都固定下来,让门铃
一直响,让他们迫不及待地追问
褪色的枣红色地板
那些掉落的油漆如何迷惑

夜晚的漆黑

瞬间涂满

一个男人背负的汪洋大海

❹

没什么是假的,拙劣的

黑牛皮鞋被融雪剂侵蚀

生活的皮肉滚烫

在一个男人凌乱的阳台

只需要堆满书,过期的点心

生的牛肉,熟的普洱

一把黑铁壶,八个棱角

被沉到更沉的夜晚

而夜晚无需注视,孤独

不需要佐料!有人从窗前走过

不需要热情挽留

对于人迹罕至的空房子

能安慰它的,除了空气

除了闷死的金鱼,凋敝的
龙爪兰,剃须刀上的毛发的粉末
一切都需要静止,时间
也无可奈何
就在前一分钟,女人还在哭
而现在她膨胀的肉体
通透而鲜艳,她在
一杯水的风浪中颠簸
为全人类而焦灼
她在一张旧报纸的神秘数字里
藏起金首饰,翡翠耳环
她要在四十一阶楼梯的旋转中
证明自己的强悍和野性
为什么男人会爱她
执拗而绝望。蚯蚓在地板缝里
歌唱。相信你已经懂得
我所有的讲述,都是梦境
身在经年不化的雪中

我渐渐失去驾船出海的勇气
我无法解释她为什么
在一场内敛的睡眠里突然惊醒
并莫名其妙地
被抛弃在无边无际的雪野

❺

我更无法解释
一根铁钉为什么歪斜着
把我钉在红砖的墙上
白色衬衫,呢绒外套
忽闪着,挡住日落
我们不希望到来的事物
比如死亡,我一想到它
就万分激动
但是我依然害怕孤独地死去
只有一个人
在这所空房子里

长满荒草的地板上
手指僵硬,嘴唇苍白
被汹涌的召唤
震慑。突然变得铅一样沉重
尽管我已经看到了遥远的未来
却仍然恐惧短暂的黑暗
和乘虚而入的人们
我已经跪地求饶,背负着
荒草和马蹄的践踏
我的后背已经捶打成皴裂的原野
河流密布,大雨滂沱
我知道那即将到来的
我渴望被你们理解,或者热爱
但是我不祈求原谅
在对人世漫长的拥抱里
我不想被人类
如此彻底地毁灭

河流已经空了

我和杨森君,在河边抽烟
偶尔谈到玛瑙,和田玉,明清的瓷器,战国的斧头
我们说的话越多,河对岸的白塔就站得越高
迎风走来的陌生人就越少
我们担心再也不会有人蹚过这河水
告诉我们河流的名字
知道和不知道又能怎样呢?
火柴盒已经空了,河流已经空了
刚好装得下我们单薄的身体

百丈漈下

那垂直落下的,不是水
那粉身碎骨的不是抱紧的水滴
而是藏在水中的石头
和石头里沉默的鱼
我听见的呜咽声,不是水在哭
那战栗的不是被劈开的群山
而是停止的时间
生死在这里都戛然而止
没有过去,也没有未来

铜铃山下喝野茶

我好茶,好烟,好冒着热气的石头
我热爱的一切都不会说话
铜铃山下的野茶沉默了一万年
却在我的指尖发出声音
溪水冰凉,刺痛它们笨拙的腰身
这些野茶每说出一个字,铜铃山就被削平一寸
直到我的眼前空空荡荡
什么都不存在

空　山　寺

我在那个寺庙晕倒了
在庙门口，我的脸色灰暗，四肢冰凉
还来不及念咒语，向菩萨求饶
就奄奄一息。雨声嘈杂，裹挟着山石
但没有一颗砸到我
何其幸运啊，路过的和尚没有一个看到我

空　　茫

菩萨的手指弹到哪里
哪里就下雪，我从山寺的背面走来
惊醒了满树的乌鸦

我背着穷人的柴火，熄灭的灯笼
走到哪里，哪里就下雪
最直的树木会弯腰，最矮的尘土
顶着压下来的天空

那些躬身而行的僧尼，什么也不知道
只是一些似有似无的黑点儿

轮　　回

烛火,把寺庙的后山烧出一个洞
正好是一个坟墓的大小

谁也不能从这冻土里挖到鸡鸣
砍柴的小农把斧子凿进脊背
就再也没有什么声音……

在这山洞里,听风,一寸寸地割
我的耳朵,我的眼睛,我的手指,我的舌头
我在这世间获得了什么
什么就把我埋葬

骨　　气

再多的闪电也不能把我叫醒
稻穗只在此刻笔直地伸向天空
除非我离去,否则它们绝不低头

我也不怕沟壑纵横,洪水要来就来
口中有一粒稻米就可以裹腹
手指缝都能长出森林,种植黄白相间的蘑菇

即使家徒四壁,屋漏偏逢连夜雨
铁锁生锈,寸步难行……
我会兴致盎然,在梦里下一场大雪

不屑

我独自住在一座木头房子里
只有一扇朝北的窗子
因此,我看不到日头升起和落下

从没有人给我写信
木楼梯上有一层薄薄的尘土
夜半时会有隐秘的咔咔声响起
我以为那是谁的脚步声

即使是一个强盗也让我期待
他的皮靴将在尘埃上留下的印记

我会视若珍宝

可是并没有谁真正来过
我也不知自己身在何处
尘土不屑将我埋葬,夜晚的私语
从未把我谈起